검은 돌을 삼키다

이홍섭
시집

검은 돌을 삼키다

달아실
시선
01

시인의 말

산에 가면 한 그루 나무가 되고
바다에 닿으면 한 굽이 파도가 되어야 하는데
그리되지 못했다.

그래서 이번 시집은 꽤나 오래 묵혀 두었다.

바람이 다 쓸어가길
구름이 다 실어가길 원했으나
또한 그리되지 못했다.

건달을 꿈꾼 지 오래 되었으나
내 몸에서는 노래와 향기가 흘러나오지 않는다.

갈 길은 먼데, 백일홍 나무는 또 부르르 몸을 떤다.

2017년 봄

이홍섭

차례

1부

숟가락

숟가락 하나 하늘에 떠있다

숟가락은 외로운 사내
어디서 왔는지, 어디로 가는지 모르는 천하의 뜨내기

구름은 양도 되었다가, 새도 되었다가
고래가 되기도 하는데

숟가락은 말없이 떠있기만 한다
앞산 오솔길 옆 작은 봉분 같다

숟가락 하나 들고 왔다가
숟가락 하나 놓고 가는 길

숟가락은 떠서
움푹한 외로움을 한 술 뜨고 가는가

종소리 잡으러

종소리 잡으러 왔다가
종소리 잡으러 간다

종은 누가 쳤는가
종소리는 어디까지 가는가

헐레벌떡 여기까지 온 것은
종소리 잡으러

종소리 끝나면
나의 삶도 끝나, 끝끝내 끝나고 말아

종소리 잡으러
종소리 잡으러

갈 데 없는 사내가 되어

나는 이제 갈 데 없는 사내가 되었다

몸으로 밀고 간 산골짜기 끝에는 모난 돌이 하나
마음으로 밀고 간 언덕 너머에는 뭉게구름이 한 점

노래와 향기가 흐른다는 건달바성은 멀고

내 손바닥 위에는
구르는 돌멩이 하나와
흩어지는 뭉게구름이 한 점

내가 부른 노래는 구름과 함께 흘러가버렸고
내가 맡은 향기는 당신이 떠나면서 져버렸다

나는 이제 정녕 갈 데 없는 사내가 되었으니
참으로 건달이나 되어야겠다
참으로 건달이나 되어야겠다

눈이 오면 머하나

눈이 오면 머하나
삼월하고도 열아흐레, 철없이
봄눈이 내리네

길을 떠나면 머하나
남의 집 문패만 닦고 가는
길손이 되어, 먹기와만 적시다 가는
객승이 되어

눈이 오면 머하나
대관령 아흔아홉 굽이, 임자 없는 주막들

고갯마루마다
다리 풀린 사내들

동백꽃, 동박새

동백꽃으로 살랴, 동박새로 살랴

그 많던 꽃들도, 벌나비도 사라진 엄동적막 한복판

사랑을 잃었으니 노래가 길어라

동백꽃으로 살랴, 동박새로 살랴

왜가리

이른 아침 개울가 밭두렁, 왜가리 한 마리 외발로 서있다

서천(西天)으로 돌아가기 전 달마처럼
잔뜩 웅크린 채
눈이 채 녹지 않은 허연 밭뙈기를 바라보고 있다

잿빛 등에는 해진 짚신 한 짝,
눈이 다 녹으면 그는 이 자리에 없을 것이다

배고픈 저녁

1

어릴 때, 강 건너 산 위에 화장터가 있었다

이따금 연기가 피어오르면

지나가는 구름도 잠시 가던 길을 멈추곤 했다

구름이 다시 가던 길을 가면 배고픈 저녁이 왔다

2

어머니는 길 떠나는 외할머니의 관 위에 손을 얹으시고는

깊은 산속 나뭇가지 끝에서 우는 새처럼

높고 긴 울음을 우셨다

그날 이후 새소리는 다 슬펐다

3

스님, 불 들어갑니다 스님, 불 들어갑니다

무덤 하나가 불을 껴안고 타올랐다

밤새 홀로 묻고 홀로 답하느라 온통 붉어진 집 한 채

새벽이 되자 그마저 재가 되었다

4

구름이 다시 가던 길을 가는 저녁

새는 나뭇가지 끝에서 울고

서쪽 하늘은 불 먹은 듯 붉게 타오른다

배고픈 소년 하나가 털레털레 집으로 돌아가는 길

일반 4호실

누가 이른 나이에 세상을 떴는지
화환도 없고
문상객도 겨우 두엇이다

특실로 가는 화환이 긴 터널을 이루는 동안에도
화환 하나 놓이지 않는 곳

신발들도 기대어 졸고 있는데
특실로 가는 문상객이 그마저 어깃장을 놓는다

성근 국화처럼
벽에 기대어 있는 젊은 아낙과, 문 뒤에 숨어
입구까지 덮쳐오는 긴 터널을 바라보고 있는 앳된 소녀

삼일장도 너무 긴

일반 4호실

금몽암

이곳에서 꿈을 꾸어서는 안 됩니다
일장춘몽이라도 꾸어서는 안 됩니다

혹여나 들고난 꿈이 있거들랑
도량 밖 호두나무나 털다 가시길 바랍니다
머리통 닮은 호두나 깨다 가시길 바랍니다

꿈을 버린 사람만 여기에 오시길 바랍니다
자기 이빨로 호두를 깬 사람만 여기에 오시길 바랍니다
이빨도 함께 깨진 사람만 여기에 오시길 바랍니다

혹여나 이곳에서마저 꿈이 들고나거든
이 덧없는 암자마저 태우고 가시길 바랍니다

달항아리

나 태어날 때
보름달이 환했다는데, 너무 환해서
강물도 울면서 흘렀다는데

그 울음이 다한 곳
백전백패의 길 끝에서
또 보름달이 뜨네

달마다 보름은 돌아와도
고개 숙이며 걷는 날들이 더 많아
발밑에는 언제나 수북한 사금파리들

부수고 또 부수고
천번만번 팔뚝질을 다한 자리

울음도 마른
길 끝에
또 보름달은 떠서

텅 빈 듯, 꽉 찬 듯

맑디맑은 가난을 보여 주시네

물미역

늦은 저녁
물미역 하나 놓고 밥을 먹다가
입적하시기 전 물미역을 찾으셨다는
법정스님 생각이 났습니다.

구해 온 물미역을
두 손으로 오래 만지셨다는 입적 여드레 전날이
밀크덩 만져졌습니다.

물미역으로
달래무침을 싸 먹으면 그만인데
스님은 어떻게 드셨는지요.

초고추장에 찍어 드셨는지
지금 저처럼 달랑 간장종지 하나 놓고 드셨는지
마냥 궁금해지는 밤입니다.

먹는 얘기를 해서 송구하지만

스님께서도 생전에

만나는 사람마다 밥은 먹었느냐고 먼저 물어오셨다니

한결 마음이 놓입니다.

먹는다는 것,

만진다는 것,

그리워한다는 것은 늘 성스럽습니다.

가난한 저에게도

오늘 밤은

미역귀처럼 환하게 열립니다.

강은 전생을 기억할까

어디 마음 둘 데 없을 때
쪼그려 앉아
흘러가는 강물이나 바라보는 것은
강이 자신의 전생을 다 기억하고 있기 때문일 거야

마음 둘 데 없다는 것은
지금 내가 현생을 살아가고 있다는 것, 그렇지 않고서야
두 발로 서 가는 사람에게나
외발로도 서 있는 나무 밑에 가 울고 있겠지

쪼그려 앉아
얼굴에 물때가 끼일 때까지 앉아 있는 것은
강의 전생에 위로 받는 것, 그렇지 않고서야
어찌 무심하게 흘러가는 저 강물에 위로받을 수 있을까

큰 홍수가 나면 알지
강물은 자신이 기억하는 길을 따라 달려가고
길을 막으면 그 자리에서

한 생을 걸고 범람한다는 것을, 강이 휘어 흐르는 것은
다 전생이 아프기 때문일 거야

어디 마음 둘 데 없더라도
해질 무렵에는 강가에 나가지 마, 강의 전생이
아니 너의 전생이
붉은 노을 속에 눈 뜨는 것을
차마 보지는 마

매화나무

매화꽃 지나면 매실이 열린다는 사실을 아는데
스무 해가 걸렸다 매화꽃 지면
그냥 세상이 다 져버리는 줄 알았다

청매실 지나면 황매실 된다는 사실을 아는데
또 스무 해, 추위가 뼛속까지 스민 매화라
열매도 푸르게만 익는 줄 알았다

일흔 넘으신 아버지가 선산 빈 밭뙈기에
꾸역꾸역 매화나무를 심으신다 아마도
당신 생전에는 매실을 거두지 못하실 터

나는 아버지 꽁무니를 따라 매화나무를 심으며
여기서 또 스무 해가 지나면 어떤 깨달음이
이 매화나무를 타고 올까 궁금해지곤 했다

산돼지는 눈을 타고

하염없이 눈이 내리는 밤, 강원도 깊은 산골짜기 외딴 절에서 홀로 부처님을 모시는 노스님께서 전화를 주셨습니다. 이 시인, 내가 어제 산돼지랑 한판 붙었는데 허리만 조금 삐었어. 잘했지. 말씀인즉슨, 산신각에 기도를 올리러 갔다가 산돼지를 만나서 그 놈의 귀때기를 잡고 올라타 한바탕 뒹굴었다는 얘기였습니다. 세속 나이로 환갑을 훨씬 넘긴 노스님께 잘 하셨다고 해야 할지, 빨리 도망치시지 그랬느냐고 타박을 해야 할지 참 고민되는 밤이었습니다. 그런데 정말 고민되는 것은 한 시간이 넘게 산돼지 귀때기를 잡고 올라탄 얘기를 하시는 노스님의 전화를 끊어야 할지 말아야 할지 하는 것이었습니다. 이 눈이 그치고도 달포 넘게 아무도 찾아가는 이 없을 그 외딴 절 생각에 산돼지 귀때기가 다 떨어질 때까지 전화기를 놓을 수 없었습니다. 노스님께서 산돼지를 만나지 않으시게 눈이 좀 작작 내렸으면 좋겠습니다.

물소리

귀신보다 더 무서운 건 물소리다

내설악 깊은 골짜기에서
남들은 열두 번도 더 봤다는 귀신이
나에게만은 보이지 않더니
남들 다 자는 깊은 밤이면 물소리가 되어 나타나곤 했다

귀신도 잠든 밤에
홀로 깨어 어디론가 가는 물소리는
산 자와 죽은 자를 다 데리고 떠나는 행렬 같아서
몸도 마음도 마냥 숨기고만 싶었다

깊은 산중에서
무거운 돌덩이로 탑을 쌓고
부처를 거인처럼 모시는 것은
다 물소리에 휩쓸려가고 싶지 않기 때문

몸도 마음도 한갓 물 밑에 잠긴 자갈밭 같은 것이어서

물이 지나갈 때마다

지나온 겁의 시간이 다 소리를 내는 거라

귀신은 쫓아 보낼 수 있지만

천하의 물소리는 어찌할 수 없다

2부

앞산에 절하다

병이 깊어
이사를 했더니
작은 앞산 하나가 생겨났다

소나무 숲 사이에는
묘가 일곱 장,
밤나무가 세 그루, 마른 은행나무가 열한 그루
다시 세어 보아도 모두
홀수뿐이다

봄이 오면
정수리에 철쭉이 핀다지만
산허리는
이미 뼈마디가 다 드러났다

오늘은
앞산의 주인인 청설모를 만났으나
나의 인사를 받아주지 않았다

내일에는 모자를 벗어야겠다

문을 열면

문을 열면
앞산이 약사여래다, 어디가 아픈지 몰라
약사여래도
빈 약병에 진달래만 꽂아 보낸다

나도 모르는데
약사여래라고 알겠는가, 진달래를 씹어 먹은들
이 몸 없는 병을 알겠는가

산이 높으면
골짜기도 깊고, 골짜기가 깊으면
꽃그늘도 길어라

마디마디 피멍든
진달래야, 너도 일찍이
높은 산을 오르지 말았어야 했다

나는 뒤늦게

저 낮은 앞산에 엎드려 절한다

여래여,
여래여,
약사여래여,

나는 더 낮은 곳으로 내려갈 것이다, 내려가
산도 절도 없는 곳에
닿을 것이다

토종닭 고아먹는 밤

"그 돈이 되면 우선 닭을 한 삼십 마리 고아 먹겠다. 그리
고 땅꾼을 들여 살모사 구렁이를 십여 뭇 먹어 보겠다."
— 소설가 김유정이 안회남에게 보낸 마지막 편지

식은땀이 절절한 베개가 마침내 허리를 꺾는 밤이 있다

어느 깊은 산골짝으로나 들어가
실하디 실한 토종닭이나 한 마리 푹 고아먹고 싶은 밤이
있다

그 어떤 명의도 다스리지 못할 병, 짜내고 짜내어
더는 짜낼 수 없는
칠흑 같은, 바닥 같은, 병신 같은 병이 있다

귀신도 바짝바짝 몸이 마르는 밤

가난과 병마와 원고지는

칸칸이 비워두고

누런 기름이 둥둥한 토종닭을 함께 먹고 싶은 사람이 있다

정선 아라리

아버지와 어린 딸이 마주 앉아 아라리를 주고받았다
아버지의 노래는 물살 센 황새여울을 지나는 뗏목 같았고
딸의 노래는 막 어라연을 돌아나가는 동강의 강물 같았다

세상을 이기려했던 아버지는 마침내 그레* 같은 성대를 잃
었고
효심 깊은 딸은 병든 아버지를 떠나지 않고 지극정성으로
모셨다

그녀의 아라리에서는 일백 리 동강을 돌고 돈 강물소리가
난다

* 그레 - 뗏목의 노를 일컫는 정선 사투리

백 원짜리 면도기

플라스틱 바가지에 물 한 바가지 떠 놓고
백 원짜리 면도기로 노스님의 머리를 깎아드린 적이 있습
니다

아주 먼 먼 어느 날, 지금의 나보다 몇 곱절이나 어린 나이
에 집 떠난
노스님의 머리는 천봉만봉 내설악을 닮았습니다

백 원짜리 면도기는 계곡을 오를 때마다 고목의 밑동을
제대로 자르지 못해
암벽에 핏자국을 남기곤 했습니다

물 한 바가지가 벌겋게 물들 때까지 삭도질은 계속되었지만
노스님은 칼을 맡긴 채 멈추라는 말씀이 없으셨습니다

백 원짜리 면도기를 볼 때면, 그 깊은 내설악 골짜기와
몰래 내다버린 붉디붉은 피 한 바가지가 떠오릅니다

마가목

눈 내리는 내설악 골짜기에 마가목 열매만이 붉다

산머리를 향해 달려가던 말 한 마리가 무릎을 꺾은 그 자
리에서
하얀 김처럼 피어나던 복산방꽃차례, 복산방꽃차례……

이루지 못할 꿈은 왜 다시 찾아왔나
따 먹으면 취하는 검붉은 사랑은 왜 다시 열렸나

골짜기를 덮으며 흰 눈은 내리고
백년 굶은 철새 한 마리가 비틀거리며 붉은 열매를 쪼아
먹고 있다

소사휴게소 산사나무 아래

존경하는 세 분의 원로를 모시고 강원도의 한 문학상 심사장으로 가던 길이었다. 지금은 횡성휴게소로 이름이 바뀐 강릉방향 소사휴게소에 잠시 들렀는데 마침 화장실 입구에 붉은 열매가 한창인 산사나무 한 그루가 서 있었다. 평론가인 원로께서는 절집 현판부터 감식하시는 객승처럼 산사나무를 소개하고 있는 안내판을 꼼꼼히 들여다보시고, 소설가인 원로께서는 절집 풍수부터 보시는 객승처럼 산사나무 주변을 빙빙 도시면서 열심히 관찰하시었다. 그런데 화장실에 먼저 다녀오신 원로 시인께서는 바지춤을 올리시며 산사나무를 빤히 쳐다보시더니 곧장 산사나무로 다가가시어 그 붉은 열매를 뚝 따서는 입 안으로 쏙 집어넣으시는 것이었다. 그리고는 몇 번을 오물거리시더니 맛이 별로네 하시며 툭 내뱉으셨다. 손을 닦으며 화장실에서 나오던 사람들이 고개를 절레절레 흔들며 지나갔다. 절집 불이문을 한걸음에 통과한 뒤 곧바로 귓밥 늘어진 주인장에게 가서 절 세 번을 올리고는 먼저 주린 배부터 채우자며 공양간으로 어린 내 손을 잡아끌던 노스님이 꼭 그랬다.

담배 한 모금

큰 절 도량에 울긋불긋한 만장을 걸고 영산대재를 올리는 날

몰래 숲 속에 들어 담배 한 대 물었는데
바로 앞 바위 옆에서도 한 여인이 쭈그려 앉아 연기를 뿜었다

죽어서도 떠도는 무주고혼들을 달래는 범패 소리 산을 덮는데
현생의 한 여인은 무리에 섞이지 못한 채 홀로 연기만 올리고 있었다

입 없는 영혼들이 색색의 과실이며 제과들을 다 흠향하시고 떠날 무렵
여인은 마지막 한 모금을 깊숙이 빨아들이고는 엉덩이를 툭툭 털고 일어났다

여인이 떠난 뒤에도 한참을 머뭇대던 담배 연기는
또한 이름 모를 현생의 바위에 스몄으니

나도 마지막 담배 한 모금을 길게 빨아들이고는 이름 모
를 나무 밑을 떠났다

풍매

뻣뻣하게 서 있던 소나무 떼가
한순간, 불어오는 바람에 몸을 실을 때가 있다

숨죽이던 파도가
일순간, 앞 파도의 등에 올라 탈 때가 있다

긴 긴 골짜기를 내려온 바람이
뎅뎅뎅, 절간 풍경을 때리는 아침

극락보전 앞마당을 가로지르던 숫두꺼비 한 마리가
몰록, 암놈 등에 올라탄다

부항

부항을 잘 뜬다는 노인장을 물어물어 찾아갔지만
정작 몸부항은 뜨지 못하고 말부항만 잔뜩 뜨다 왔네.

- 젊은 양반 몸이 와 이렇소. 도대체 무신 일을 하시는가?

피가 흐르는 길목마다 긴장이 뭉쳐 검은 피가 되었으니
도저히 부항은 뜰 수 없고 침이나 몇 대 맞고 내려가라 하
신다.

- 보아하니 칼 쓰는 사람은 아닌 것 같은데……
어쨌든 칼 다 내려놓으면 그때 뜨러 오시소.

똥

똥에 관한 근사한 시를 써서
아들에게 전해주고 싶은데
그게 잘 되지 않는다 세상으로 잘 들어가고
또한 세상에서 잘 나오는 법을 전해주고 싶은데
그게 잘 되지 않는다

이런 애비의 우비고뇌를 아는지 모르는지
아홉 살 아들놈은
바나나똥을 누었다고 만세를 부른다 어제는
고구마똥을 누고 생고구마처럼 웃었다

지나온 시절은
늘 누다 만 똥 같았다 다들 엉거주춤 팬티를 올리고
팔자걸음으로 거리를 활보했다 나도 속고
당신도 속았다

바나나똥 고구마똥의 시절을 지나면
매화똥 국화똥 연꽃똥이 만발한 시대가

오리라 적어도

잘 여문 콩똥의 시대는 오리라 믿었다

똥을 내려다보면서

니 똥 굵다고 가르쳐 줄 스승 하나 없이

되다 만 선승처럼

똥통에 갇힐 줄은 몰랐다

그러니 아들아 정말 미안하지만

똥에 관한 근사한 시는 끝내 전하지 못할 것이다

절간 지붕

깊은 산 절간 지붕이 누런 기와로 바뀌고 있다

광목 찢듯 골짜기를 가르던 먹기와 갈라지는 소리
그 소리에 놀라 자리를 박차고 일어서던 고드름 수좌들

그 짱짱한 겨울도 이제는 오지 않겠다

나무의자

맨체스터 유나이티드의 전설 라이언 긱스는 툭 하면 차를 바꾼다. 몸이 차의 안락에 적응하면 자기 폼이 나오지 않기 때문이다. 그는 잉글랜드의 귀화 요구를 거부하고 어머니의 조국 웨일스를 고수해 단 한 번도 월드컵에 나가지 못했다. 대신 그는 툭 하면 차를 바꾸며 여전히 현역으로 그라운드를 누빈다.

가난한 나는 차 대신 툭 하면 의자를 바꾼다. 기어코 딱딱한 나무의자로 되돌아와 척추를 곧추 세웠다 허물기를 반복한다. 나에게 귀화해달라고 애걸하는 나라는 없지만, 그런 날이 오더라도 이 남루한 조국을 버리지는 않을 작정이다. 대신 툭 하면 의자나 바꾸며 살아가려 한다. 의자가 나를 안기 전에 내가 의자를 버릴 것이다.

먹돌

일곱 살쯤 되었을까

툴툴거리는 버스를 타고
아버지와 함께
어느 먼 곳으로 가는 길

오지의 간이 정거장에서
버스가 잠시 멈춘 사이
아버지는 급히 옥수수 두 개를 사오셨는데
어린 나는 무슨 심술이 났는지
끝내 그 옥수수를 먹지 않았다

왜 그랬을까

그로부터 사십 년이 흘러갔건만
막막해 하시던 아버지의 표정을 닮은
먹돌 하나는
그 자리에 멈추어 있다

멈추어서

줄곧 나를 따라오고 있다

벚꽃 날리다

너무 큰 슬픔은 바닥이 없다

사춘기, 벚꽃 지던 날
발이 땅에 닿지 않던 바닷길
벚꽃 이파리처럼 떠가던 육백 리 바닷길

벚꽃 날리면, 육백 리 사방이 다 슬프다

3부

구름 팔아 바람 사고

우리 다시 만나면
구름 팔아 바람 사고*
바람 팔아 구름 사는 일일랑
하지 않기로 해요

저 먼 바다에 나가
그물 던져 고기 잡고
고기 팔아 그물 사는
그런 사랑 하기로 해요

혹여 다시 만나면
구름도 다 팔아버리고
바람도 다 팔아버리고
다시는 만나지 않기로 해요

* "구름 팔아 바람 사고(白雲買了賣淸風)"는 송나라 때 석옥 청공선사의 열반송에
  나오는 구절

언덕 위 복층집

나에게도 복층집이 하나 있었다

하늘 아래 부끄러움만 가득하여
안으로 난 계단을 오르내리며
날숨을 쉬던 곳

낮술을 마시고 숨어들면
구식 텔레비전이 환하게 반기던 곳

해바라기 자수 액자가 걸려있던
계단을 오르면
닫힌 하늘 아래 보송보송 말라가던 여인의 속옷

해바라기 씨앗처럼
불멸의 검은 빛으로 빛나는

언덕 위 복층집

내 여인의 뒷자리

내 여인의 뒷자리에는 아무도 앉지 마라
내 여인의 뒷자리는 적요의 자리
내가 만든 이 세상 가장 깊은 호수

내 여인의 뒷자리는 내가 진실로 사랑한 자리
사시사철 초록의 자리
일 년 열두 달 소복한 흰 눈의 자리

내 여인의 뒷자리에는 아무도 앉지 마라
내 여인의 뒷자리는 외로움의 자리
내가 만든 피안의 자리

능소화

한 번 졌던 능소화가 또 한 번 꽃을 피웠다.

청도 운문사 도량도 다시 환해졌겠다.
비구니 스님들의 염불소리가 하늘에 가 닿겠다.

만지면 눈이 멀어진다는 사랑이 또 오는가.

아야진

멀리 와서 바다를 본다

아팠구나

저리도 많은 손 갈퀴가 몰려와
모래를 긁어대는 것은
아직도 못다 한 얘기가 남아있기 때문

얘기를 안 하면 귀신도 모른다 했는데
귀신의 입과 귀도 막아버리고
검은 파도가 친다

내려놓자

내 것이 아니어서
슬펐던 것들

산도, 별도

골짜기를 떠돌던 반딧불도

반딧불 같았던 여인도

내려놓는다

미안하다

멀리 와서

비로소 바다에 닿았구나

노을

그대를
가슴에 품었더니
은장도가 되었다

품을 수 없는 그대
남몰래 가슴에 품었더니
서녘 하늘에
은장도 하나 떴다

내 가는 길은
모래 묻은 바람길, 가다가다 지치면
구만리장천에
한 마리 새나 되자 하였더니

어느덧
그대가 먼저 날아가
서녘 하늘에 꽂히는 것 아닌가

파르르 떨며

서녘 하늘을 붉게붉게

물들이는 것

아닌가

바로 그때

떠돌다 떠돌다
더는 떠돌 수 없어
이제는 시나 써야지 할 때
바로 그때에
시는 넝닝구만 입고 온다

어디 있다 이제 왔노
물을 필요도 없고
검게 탄 얼굴, 딱딱해진 헌디도
지나가는 바람 속에 묻어가고

이제는 시나 써야지 할 때

언제 빨았는지
새하얀 넝닝구 하나 달랑 걸친 사내가
댓돌 위에 올라설 때

바로 그때, 시는 온다

바다로 갑니다

생각이 많아 오늘은 바다로 갑니다.

덜 마른 속옷들만 가득한 여행가방을 들고 가는 것 같습니다.

바다에 머리를 헹군들

이 많은 생각들이 먼 바다로 빠져나갈까요. 흰 손수건을 흔들어 본들

이 모든 당신들이 물거품처럼 박수치며 떠날까요.

나 오늘 생각이 많아 바다로 갑니다.

돌아올 때는 속옷들이 다 말랐으면 좋겠습니다.

그대를 향한 지극한 마음만 들고 왔으면 좋겠습니다.

구멍

나에게는 구멍이 많다
여기도 구멍,
저기도 구멍,
내 삶의 담벼락은 구멍 천지다

구멍이 많아 슬플 때는
슬픔이 모든 구멍으로 흘러넘칠 때는
하루종일
검은 돌이나 삼킨다

돌을 삼키고

구멍 숭숭 뚫린 담벼락이
나를 삼키고

오냐, 큰 구멍이여
오려면 와라
정중하게 와서

나를 통째로 삼켜라

나는 구멍과 싸운다
구멍은 슬픔이고
구멍은 나의 적이고
구멍은 나의 동지이고
구멍은 운명이다

흰 돌을 게워낼 때까지
내 싸움은 끝나지 않는다

연애의 비유

이제 연애의 비유는 그만두려 한다
나는 너무 오랫동안
삶을, 만남을, 사랑을 연애에 비유해왔다

눈이 내리기 때문만은 아니다
지금 온 세상이 흰 눈에 덮이기 때문만은 아니다

연애란 좋은 것,
연애처럼 좋은 비유도 없다는 것을 안다
사랑도, 명예도, 이름도 남김없이
연애의 비유를 타넘을 수는 없는 것

지상에 발이 닿지 않는
저 많은 눈송이들도
연애의 비유 앞에서는 다 몸이 녹는 법

내가 연애의 비유를 그만두려 하는 것은
연애가 싫기 때문은 아니다

그러니 슬픈 연인이여, 오해는 마라
한평생 나가자던 뜨거운 맹세를 잊은 적은 없다

내가 그만 두는 것은 단지
연애의 삶,
연애의 만남,
연애의 사랑,
연애의 비유일 뿐이다

눈이 펑펑 내리고
더 멀리 갈 수 있는 곳이 보이지 않기 때문이다

지포 라이터

내가 지포 라이터를 즐겨 사는 것은
무엇인가를 잃어버리지 않기 위해서이다

잃어버리고 또 잃어버려도
자꾸만 지포 라이터를 사는 것은
그래도 잃고 싶지 않은 것이 있기 때문이다

딸깍, 문 여는 소리
부싯돌의 비명
마침내 타오르는 불의 살집

강원도 오지에서
하루 한 대 들어오던 버스 꽁무니를 쫓아다니며 맡던
고소한 휘발유 냄새는 또 어떤가

살면서 잃어버린 것 많아도
잃어버렸다는 생각마저 잃어버리기는 했어도

불 켜진 새벽 마트, 지포 라이터 진열장

앞에서 또 서성이는 것은

머리 위로 총알이 날아다니는 전장에서도

살아남았다는 지포 라이터가

지금 여기에서

딸깍,

문을 열어 주리라 믿기 때문이다

도톰한 꽃잎을

수줍게, 수줍게 열어 보일 것이라 믿기 때문이다

해당화

내가 오늘 건달풍으로 바닷가를 거니는 것은
당신의 심장을 닮았다는 해당화 꽃잎을 보기 위해서입니다

넥타이도 풀고, 위 단추도 하나 풀어버리고, 신발 같은 건
멀리 던져버리고
오로지 그 맑디맑다는 명사십리를 생각하며 거니는 것은
바다를 향해 펄럭이는 심장 한 잎을 만나고 싶기 때문입
니다

바다를 두고 간 당신

울음이 푹푹 빠지는 명사산을 헤매다 돌아온 당신
손톱, 발톱 다 두고 온 당신

오늘 내가 천하의 건달풍으로 바닷가를 거니는 것은
오오래 잠든 바다를 깨우기 위해서입니다

가을, 또 가을

해송은 서 있고
바다는 길게 누워있습니다

해정한 귀신이 섰는지
뒤태가 다 들여다보이는 가을, 또 가을입니다

해송은 허리띠를 조이고
바다는 큰 고래 한 마리로 누워 흰 수염을 고릅니다

해당화 향기 코를 찌르던 시절이 가니
오리바위, 십리바위도 제 자리로 돌아갑니다

더도 덜도 없는 가을, 또 가을입니다

난설헌 허초희

아침에 본 꽃과 저녁에 본 꽃은 왜 그리 다른지요. 당신이 보며 자란 백일홍도 그러했는지요. 꿈속과 꿈 밖은 왜 그리 다른지요. 당신이 무수히 걸려 넘어진 문턱도 그러했는지요. 내 신발과 다른 사람의 신발은 왜 그리 다른지요. 댓돌 위에 놓인 당신의 신발도 그러했는지요.

문고리를 잡다가 늘 손가락을 다치는 당신, 문턱을 넘다가 늘 발목을 다치는 당신, 오늘 하루는 어땠는지요. 백일홍은 또 몸을 떨었는지요.

풍금소리

헌책방에 들렀더니
옛 은사의 시집이
헌책으로 나왔다

순대국밥을 앞에 놓고
철없이 시를 묻던 중앙시장 한 귀퉁이

까까머리 내 머리통처럼
사방으로 각이 졌던 그 깍두기도
이제는 다 물러졌겠다

빈 배

먼 데서
배가 왔다

서러운 잔물결이
몇 번 다녀간 뒤였다

하지만
강을 건너기에는
내가 너무 어렸다

어리다고
수만 번 되뇌었다

배가 떠나자
이번에는
물결이 거세게 일었다

살아남은 자의

몫이었다

광역전철노선도

미당 선생은 말년에
전 세계 산 이름들을 외우셨다는데

변방의 우리 동네 어르신은 말년에
서울 광역전철노선도를 외우신다

- 자네는 잠실 다음 역을 아시는가

서울로 출가한 자식이 있는 것도 아닌데
우주의 행성들을 암기하듯
매일 매일 광역전철노선도를 하나하나 짚어가신다

- 자네는 종각 다음 역을 아시는가

해 지면 덩달아 캄캄해지는
변방의 한적한 동네에서
우주의 미아처럼 읊조리는 광역전철노선도

어두운 밤하늘에

바둑알처럼 점점이 놓여지는

우주표 광역전철노선도

알바트로스

이제 우리 앞에는
욕심 많은 어부들이 뿌려놓은
천 개의 낚시 바늘이 흩뿌려져 있을 뿐이다

빠르고 화려한 배들과
맛있는 미끼들
그리고 먼 길을 낚아채는,

격랑 위에서 잠을 청하는
천하의 벌거숭이가 되지 않으면
저 천 개의 낚시 바늘 중 그 어느 하나를
아니 물 수 없다

물면, 저 푸른 하늘 대신
격랑보다 높고 어두운 심연이
우리를 끌고 내려갈 것이다, 물을 박차고 나오면
기다렸다는 듯 어부들의 날랜 손놀림이
젖은 날개마저 찢어버릴 것이다

천하의 벌거숭이가 되지 않으면

미지의, 미지의

저 섬에 갈 수 없다

동강할미꽃

마흔 넘어 찾아오신 늦둥이 아들놈 보고 싶어 태권도 학
원에 갔더니 계단을 내려오던 조무래기 한 놈이 "할아버지
세요?"라고 물으며 빤히 쳐다본다. 창졸간에 한 세대를 건너
고 보니 지나온 세월이 꽤 무상하기는 한 것이었다.

절벽 끝에서 처녀보다 더 빛나는 동강할미꽃도 자기 이름
을 처음 불러준 이가 참으로 미웠을 것이다. 미워서 맑디맑
은 동강에 얼굴을 비추고는 동강처녀꽃, 동강처녀꽃 하고 수
없이 되뇌었을 것이다. 되뇌다, 되뇌다 처녀보다 더 빛나게 되
었을 것이다.

4부

심퉁이

우리 동네 바다에는 심퉁이라는 고기가 산다
심퉁하게도 생긴 이놈은
만사가 심퉁이라 무리를 짓지 못하고
저 홀로 심퉁한 입술을 바위에 대고 산다

내 마음의 바닷가에도 심퉁이라는 고기가 산다
심퉁하게도 생긴 이놈은
세상과의 불화가 끝이 없어
심퉁한 입술을 돌덩이에다 붙이고 하루해를 보낸다

하루에도 열두 번
심퉁한 입술로 돌덩이를 들었다 놨다를 반복한다

문어

통째로 삶은 문어다리가 올라가면
그제서야 제사상은 상다리가 부러질 듯 풍성해졌다
얼굴도 모르는 할아버지가 젓가락을 들었다 놓으면
후손들은 문어를 가져다 참기름과 초고추장에 버무려 맛
있게도 먹었다

보름 밤낮으로 곡차만 드시던 노장이
곡기는 입에도 못 대시다가도 삶은 문어에는 젓가락을 댔다
바싹 말랐던 입술이 문어 빛깔로 촉촉해지실 때쯤이면
벌떡 일어나 방문을 열어젖히고는 냅다 소래기를 내지르
곤 하셨다

주문진 항구에 참문어가 많이도 올라온다는 소식이 들려
오면
막 흰머리가 나기 시작하는 중년의 사내가
할아버지의 가난과 노장의 금빛 소래기와
어린 아들의 무구한 눈동자를 모시고 새벽 어시장을 찾곤
했다

토끼길

대관령 아랫마을에 사흘째 폭설이 내리던 날
정신지체 삼 급인 한 사내가 눈 속에서 발견되었다

삼십 리 떨어진 동생 집에서
이틀을 보내고 돌아오는 길이었다

동생이 보고 싶어 늘 걸어서 다녀왔다는 그 길
그는 자기 집을 육백 미터 앞에 두고 숨을 거뒀다

토끼길 하나 내주지 않은 검은 폭설의 밤

나릿가

손이 터져가며 덕장에 명태를 널던 여인은
지나가던 한 남자를 만나 몰래 고향을 떠났다

여인은 남쪽 항구를 떠돌며 살림을 차렸으나
날마다 숨이 차고 얼굴이 부어올랐다

병이 깊어지자 남자는 바다로 나가 돌아오지 않고
여인은 거친 숨을 내쉬며 다시 북쪽 고향으로 돌아왔다

다 자란 딸은 자신을 버린 어미에게 콩팥을 떼어주기를 거
부했고
얼마 뒤 어미는 보름달 같은 얼굴로 이승을 떴다

나릿가를 떠돌다 돌아온 아들은 어미의 유골함을 발로 찼다

고한(古汗)

아들 친구가 왔다고
사이다 잔에다 소주를 가득 부어주셨다.

캐다 만 광구처럼 방안은 어두웠고
잔 끝에는 탄가루가 묻어 있었다.
얼마 뒤, 친구의 아버지는 진폐로 돌아가셨다.

고향 떠난 친구는 건설업에 뛰어들었으나
짓던 다리가 홍수에 떠내려가 부도를 맞았다.
정을 붙였던 처가 동네마저 밤사이 몰래 떠났다.

친구의 고향에 카지노가 들어섰다.
도박 같은 밤이 숱하게 찾아왔지만
꿈 많던 친구는 다시 돌아오지 못했다.

세미나 끝난 뒤, 머신게임과 호텔방을 뒤로한 채
도망치듯 고한을 떠나오는 밤.

사이다 잔 두 잔을 거푸 받아 마시고

　탄가루 날리는 담벼락에 기대어 꾸역꾸역 토하던 사춘기
의 그 밤도

　내내 식은땀을 흘리며 따라왔다.

돌단풍

개울 개울마다 돌단풍이 지천으로 피어났다.
이파리만으로도 아름다운 청춘 같았다.

마을에 하나밖에 없는 다방에서는
애인이 연대병력쯤 된다는 아가씨가 울먹이는 귀대병의 어
깨를 토닥였다.
돌단풍 한 잎이 첫 서리를 맞고 있었다.

나는 어머니에게서 온 편지를 검열 당한 이후
아무에게도 편지하지 않았다, 날마다 돌단풍처럼 입이 굳
어갔다.

얼마 뒤 귀대병 하나가 총구를 입에 물고
방아쇠를 당겼다, 너럭바위에서 돌단풍이 우수수 떨어져
내렸다.

그해에는 돌단풍이 지고 난 뒤 여러 날 눈이 내렸다
하루 종일 눈을 치다 내무반으로 돌아오면 발톱이 하나씩

빠져나갔다.

　밤이 오면 눈 속에서 바위를 찢는 돌단풍 소리가 들리곤
했다.

돌탑

부질없다
부질없다
하, 부질없다 해도

쌓고
또 쌓는
저 마음은
어쩌지 못해

흰 눈썹 날리는
호랭이 노스님도
슬며시
돌 하나
얹어 보시는 것이다

두꺼비

대휴문(大休門)이라는 간판이 떡 붙어 있는 한 선원을 찾아갔더니 수좌들은 모두 크게 쉬러 나가시고, 웬 두꺼비 한 마리가 선원 마당을 어기적어기적 건너고 있었습니다. 방장 스님이 그리했는지, 아니면 건전지가 떨어져서 그리되었는지 선원 입구에 걸린 시계는 정확히 정오에 멈춰져 있고, 마당 한쪽 구석에 걸린 빨래들만 바람에 펄럭이고 있었습니다. 그 아래에서 두꺼비는 바다처럼 넓은 마당을 퇴역 일보 직전의 군함처럼 건너고 있었습니다. 두꺼비는 마치 니들은 다 쉬어도 나는 내 갈 길을 간다는 듯이 쩍 한 발을 들었다 내리고, 또 쩍 다른 한 발을 들었다 내리며 조금씩 조금씩 전진했습니다. 댓돌 아래에 수병(水兵)처럼 도열한 도라지꽃들이 이런 두꺼비를 보고는 돌아가며 박수를 쳤습니다. 선원 한쪽 벽에 걸린 부처님께서는 눈을 지그시 감으시고는 꾸벅꾸벅 졸고 계셨습니다.

해정한

백석 시집 읽는데
뒤늦게 '해정한'이란 시어가 찾아왔다

오랜 시간 백석을 읽는 동안
찾아오지 않았던 '해정한'이
이쁜 조약돌처럼 이 봄에 찾아왔다

강원도 영월이나 정선 어디쯤
깎아지른 뻥대 아래로
맑은 물이 흐르고

또 갱변에는
종일 말간 얼굴로 해바라기를 하고 있는
하얀 모래톱과 작은 조약돌들

아무래도 나의 본적은
그 어디쯤에서 혼자 벌거벗고 노는 아이일 거라고
생각하는 봄날에

문득 '해정한'이 찾아왔다

수제비

가을 하늘에
한 점, 또 한 점 구름이 가고 있다

종일 만지작거린 시가
뭉게뭉게 떠가고 있다

너도, 나도
어디론가 가리라

수제비가 먹고 싶다

설국

내리다 내리다 눈도 지친 밤

토끼 걸음으로 절에서 내려오는데
사하촌(寺下村) 작은 식당에서 불빛이 새어 나온다

산으로 가는 길은 끊긴 지 오래
꼭대기 암자의 부처님도 독수공방에 드신 지 오래

골짜기 가득 사람 냄새만 휘도는 밤이다

황태국을 팔던 식당 안에서는 젊은 부부가
책상다리를 하고 포르노를 보고 있다

또 여기서 두 달은 기다려야 길이 열리는 마을

마가목 가지가 붉은 열매도 없이 휘는 밤

백일장 전말기

　모친의 성화에 못 이겨 여덟 살짜리 외아들은 난생 처음 오죽헌에서 열리는 향시에 나가게 되었다. 명색이 시인인 부친께서는 누가 볼세라 단풍나무 뒤에서 권련만 뻑뻑 피워대셨다. 때마침 향시의 시제가 풍엽이었는데 부친의 얼굴이 꼭 붉게 물든 단풍잎 같았다. 붓을 들 때부터 창작의 고통을 느낀 만 칠 세의 아들은 구만리 같은 화선지 한 장을 겨우 넘기고는 머리를 쥐어뜯기 시작했다. 문득 율곡 선생의 구도장원을 떠올린 모친은 여기서 멈출 수 없다며 더 길게 써야 한다고 보채고, 부친은 시는 짧아야 한다며 그만 쓰고 얼른 집에 가자고 보채니 아들은 어느 장단에 춤을 춰야할지 몰라 엉덩이를 치켜들고 붓대가리만 만지작거리다 이내 금쪽같은 부친의 말씀을 따라 비장하게 붓을 놓았다. 그로부터 며칠 뒤, 아들이 한다하는 마을의 유생들을 모조리 제치고 당당히 장원에 급제하였다는 방이 붙자 부친께서는 그날처럼 붉게 물든 얼굴로 아들을 앉혀놓고는 결연하게 말씀하시었다. 무릇 시는 짧아야 한다, 알았재.

미소
- 강릉 신복사지 석조보살좌상

한평생 건달로 살고자 하였더니
오늘은 탑 하나가 우뚝 선다

탑을 세우자니 건달이 울고
건달을 세우자니 탑이 운다

앞마당의 저 보살은
왜 또 살포시 미소를 머금나

한 그늘

인사동 사거리에서 길을 잃었는데
건너편 신호등 아래 한 그늘이 서 있었다

신호 바뀌어 무작정 길을 건너는데
한 그늘이 곁을 지나갔다

평생 호랑이 은사 곁을 떠나지 않았다는 효상좌
스스로 한 그늘이 되어버린 사내였다

그가 지나간 길 위로 먹빛 좋은 일획이 따라갔다

문턱

그녀는 매일 아침 신문사 문턱을 넘었다
온몸에 화상을 입어 눈만 빼꼼했다
곁을 지나가는 아무 기자나 붙잡고 하소연을 했다

응접실에 홀로 앉아 있는 시간이 점점 늘어갔다
그래도 그녀는 매일 아침 신문사 문턱을 넘었다
소방서와 경찰서와 시청의 문턱은 이미 다 닳은 뒤였다

그로부터 스무 해, 내가 쓴 그 많은 기사들은 어디론가 흘
러가버렸는데
붕대 바깥으로 쏟아져 나오던 그녀의 눈빛과
그 간절한 문턱만은 여전히 그 자리에 남아있다

가난한 시인

시를 처음 만났을 때
내 꿈은 가난한 시인이 되는 것이었다

가난이 뭔지 몰랐으나
그냥 가난한 시인이 되고 싶었다

가난이 바다를 부르고
가난이 달맞이꽃을 열어 보이고
가난이 솟대를 날아오르게 했다

가난이 산을 부르고
가난이 절을 부르고
가난이 당신을 부르고
가난이 하늘 높이 손을 들어올렸다

시를 처음 만났을 때부터
내 꿈은 가난한 시인이 되는 것이었다

가난한 시인으로 왔다가

가난한 시인으로 돌아가는 것이었다

침묵

만해 한용운은 변방의 사내였다

세상을 먼저 알았더라면 그는 승려가 되지 않았을 것이다

결핍이, 목숨보다 찬 눈녹이물을 건너게 했다

그가 러시아로, 일본으로, 만주로 행장을 꾸린 것은 늘 배
가 고팠기 때문이다

그는 님의 침묵을 파먹고 살았다

스티브 잡스는 변방의 사내였다

미혼모의 아들이었고, 가난해서 대학을 졸업하지 못했다

그가 매일매일 새로운 것에 도전한 것은 도저한 허기 때문
이었다

늘 검은 색 결핍을 입고 침묵의 끝에 다가서려 했다

그는 침묵의 님을 파먹고 살았다

검은 돌을 삼키고 흰 돌을 게워내다

김도연 (소설가)

　책상 앞에 앉아 끙끙거리며 소설을 쓰고 있던 어느 날 시인 이숍이 다짜고짜 메일로 시를 보내왔다. 자그마치 66편의 시들이었다. 읽고 시집의 발문(跋文)을 써야 한다는 짧은 글이 적혀 있었는데 그 글의 얼굴이 마치 바다 깊은 곳 심퉁한 입술을 바위에 붙인 채 홀로 사는 심퉁이란 물고기를 닮아 있어서 내심 발끈하지 않을 수 없었다. 아니, 지금 소설이 써지지 않아 마치 모래산을 헤매다 손톱, 발톱 다 두고 온 것만 같은 심정인데 발문을 쓰라니. 그 즉시 나는 휴대폰을 꺼내들고 시인 이숍의 전화번호를 찾아 손가락을 바삐 놀리다가 한숨을 토해냈다. 이런 젠장! 내가 시인 이숍에게 빚진 게 많구나. 그동안 갚지 않은 빚을 한꺼번에 받으러 왔구나. 이런 상황을 뭐라고 표현해야 하지? 그래…… 제대로 당했구나! 하여 나는 소설을 밀쳐놓고 저 동쪽의 시인이 보내온 시들을 읽지 않을 수가 없었다. 뒤에서부터 앞으로. 앞에서부터 뒤로. 심퉁이처럼 툴툴거리며.

　그런데…… 어? 이게 뭐지?

문을 열면

앞산이 약사여래다, 어디가 아픈지 몰라

약사여래도

빈 약병에 진달래만 꽂아 보낸다

나도 모르는데

약사여래라고 알겠는가, 진달래를 씹어 먹은들

이 몸 없는 병을 알겠는가

산이 높으면

골짜기도 깊고, 골짜기가 깊으면

꽃그늘도 길어라

마디마디 피멍든

진달래야, 너도 일찍이

높은 산을 오르지 말았어야 했다

나는 뒤늦게

저 낮은 앞산에 엎드려 절한다

여래여,

여래여,

약사여래여,

나는 더 낮은 곳으로 내려갈 것이다,
내려가 산도 절도 없는 곳에
닿을 것이다

—「문을 열면」 전문

언젠가 시인 이솝은 내게 아파트 건너편의 앞산을 가리키
며 가끔 산책을 하는 곳이라고 은근히 자랑했던 적이 있다.
나는 아파트 숲보다 낮은 그곳을 바라보며 산이 아니라 언덕
이라고 말해주려 했으나 그러지 않았다. 대저 시인들이란 과
장이 좀 심한 편이니까. 사실을 일러주면 급작스레 의기소침
해지니까. 그런데 이 시를 읽으니 좀 이상하고 가슴이 두근거
리기 시작했다. 아픈데, 어디가 아픈지 모른다고? 그래서 약
사여래도 약병에 진달래를 꽂아 보냈다고? 몸 없는 병은 어
떤 병이지? 높은 산을 오르지 말았어야했다고…… 시인의 앞
산 근처에서 우리는 가끔 만나 술을 마시고 드립 커피를 주
문하고 담배를 피웠다. 우스운 얘기를 나누다가 한참을 낄낄
거리기도 했다. 전설 같은 절간의 이야기를 듣는 날도 있었
는데 속으로는 믿어야 될지 말아야 될지 고민하느라 바빴다.
여자들에게 무조건 잘해야 한다는 말엔 비로소 고개를 끄덕
거렸다. 그런데 왜 시인 이솝은 저 시에서 약사여래를 세 번

이나 애타게 부르는 것일까? 피멍든 진달래에게 그러지 말았
어야 했다고 단호하게 일침을 놓는지…… 급기야는 모자를
벗고 앞산에게 절을 하는가. 도무지 그 까닭을 알 수 없었다.

> 부항을 잘 뜬다는 노인장을 물어물어 찾아갔지만
> 정작 몸부항은 뜨지 못하고 말부항만 잔뜩 뜨다 왔네.
>
> - 젊은 양반 몸이 와 이렇소. 도대체 무신 일을 하시는가?
>
> 피가 흐르는 길목마다 긴장이 뭉쳐 검은 피가 되었으니
> 도저히 부항은 뜰 수 없고 침이나 몇 대 맞고 내려가라 하신다.
>
> - 보아하니 칼 쓰는 사람은 아닌 것 같은데……
> 어쨌든 칼 다 내려놓으면 그때 뜨러 오시소.
>
> —「부항」전문

어어? 약사여래도 모자라 야매로 부항을 뜨는 데까지 찾
아갔네. 노장인지 노인장인지는 저 옛날의 선사처럼 얘길 하
고, 검은 피가 길목을 가로막고 있다니? 칼이라곤 부엌칼을
잡는 게 일상이었을 가난한 시인에게 그동안 대체 무슨 일이
벌어졌단 말인가…… 잠시 시 읽기를 중단하고 독한 술병을
잡았다. 바다가 없는 충청도의 어느 산골 마을에서 깊은 밤

천천히 술잔을 비우며 저 동쪽 바닷가의 시인이 보내온 시들을 다시 들여다본다. 수시로 돋보기를 닦아가며 그의 집 방문을 하나씩 열어 행적을 쫓고 더불어 문장을 옮겨 적었다.

첫 번째 방문을 열면…… 외로운 사내를 닮은 숟가락이 허공에 떠서 움푹한 외로움을 한 술 두 술 뜨고 있다. 헐레벌떡 종소리 잡으러 왔다가 종소리 잡으러 가는 방. 건달바성(乾闥婆城)에 가고 싶으나 그곳은 닿을 수 없는 멀고 먼 곳에 자리하고 있기에 손바닥 위에 돌멩이 하나 뭉게구름 한 점 올려놓고 건달이나 되어야겠다고 생각하는 방. 배고픈 소년 하나가 털레털레 집으로 돌아가는 길에 엄습하는 저녁의 허기로 가득찬 방과 사랑을 잃었으니 노래가 길어지는 방과 젊은 아낙과 앳된 소녀 단 둘이서 영안실을 지키는, 삼일장도 너무 긴 방, 그 방들이 문패를 달리한 채 나란히 붙어 있었다. 각각의 방들에 들어차 있는, 아니 눈 깜박이고 보면 거의 아무것도 없는 방에서 흘러나오는 저 도저한 허기의 정체는 무엇일까. 이른 아침 개울가에서 외발로 서 있는 왜가리일까. 나는 모르겠다. 그저 방문을 열고 물끄러미 들여다볼 뿐이다. 가까운 방은 가장 멀리 있는 방과도 이웃해 있었다.

나 태어날 때

보름달이 환했다는데, 너무 환해서

강물도 울면서 흘렀다는데

그 울음이 다한 곳

백전백패의 길 끝에서

또 보름달이 뜨네

달마다 보름은 돌아와도

고개 숙이며 걷는 날들이 더 많아

발밑에는 언제나 수북한 사금파리들

부수고 또 부수고

천번만번 팔뚝질을 다한 자리

울음도 마른

길 끝에

또 보름달은 떠서

텅 빈 듯, 꽉 찬 듯

맑디맑은 가난을 보여 주시네

―「달항아리」전문

먹는다는 것, 만진다는 것, 그리워한다는 것은 성스럽다고
가만히 말하는 방. 자기 이빨로 호두를 깬 사람, 이빨도 함께
깨진 사람만 오라는 방. 남쪽 항구와 북쪽의 고향을 떠도는

여자, 그 여자의 남자, 그 여자의 자식들, 그들이 살아가는 나릿가의 생선 썩는 냄새가 진동하는 방. 만지면 눈이 멀어진다는 사랑, 그 능소화가 다시 피어 있는 방. 텅 빈 선원 마당을 어기적어기적 건너가는 두꺼비 한 마리, 선원 한쪽 벽에 걸린 부처님은 눈을 지그시 감은 채 꾸벅꾸벅 졸고 있는 방. 절간 근처 바위 옆에 쭈그려 앉아 담배를 피우는 여인, 절에서는 무주고혼을 달래는 범패 소리가 요란하게 피어나는 방. 마치 저승으로 건너가는 꿈의 한 장면인 것만 같은, 떠나가는 배를 보는 아이가 있는 묘한 방. 매화꽃 지면 매실이 열린다는 사실을 스무 해가 지나서야 알아채는 방, 다시 스무 해 뒤의 방, 또 아직 오지 않은 스무 해 뒤의 방을 예감하는 방. 폭설이 내린 겨울 깊고 깊은 산속에서 산돼지의 귀때기를 잡고 고독과 싸우는 노장과 그 이야기를 귀때기가 뜨끈해질 때까지 들어야 하는 방. 그 어떤 명의도 다스리지 못할 병을 고치려면 깊은 산골짝으로 들어가 토종닭을 고아먹어야 한다고 생각하는 밤, 귀신도 바짝바짝 목이 마르는 밤이 모여 칠흑 같은, 바닥 같은, 병신 같은 병으로 고여 있는 방. 병든 아버지와 효성 지극한 딸이 함께 부르는 정선 아라리가 흘러나오는 방. 나는 방문을 닫고 잠시 걸음을 멈춘 채 호흡을 가다듬었다.

플라스틱 바가지에 물 한 바가지 떠 놓고

백 원짜리 면도기로 노스님의 머리를 깎아드린 적이 있습니다

아주 먼 먼 어느 날, 지금의 나보다 몇 곱절이나 어린 나이에 집 떠난

노스님의 머리는 천봉만봉 내설악을 닮았습니다

백 원짜리 면도기는 계곡을 오를 때마다 고목의 밑동을 제대로 자르지 못해

암벽에 핏자국을 남기곤 했습니다

물 한바가지가 벌겋게 물들 때까지 삭도질은 계속되었지만

노스님은 칼을 맡긴 채 멈추라는 말씀이 없으셨습니다

백 원짜리 면도기를 볼 때면, 그 깊은 내설악 골짜기와
몰래 내다버린 붉디붉은 피 한 바가지가 떠오릅니다

— 「백 원짜리 면도기」 전문

시인 이솝을 처음 만난 건 춘천에서였다. 그때 그는 강릉에서 올라온 지 얼마 안 된, 아도니스 같은 미소년의 인상을 지닌 20대의 젊은 시인이자 신문기자였다. 나는 그의 행태를 좀 아니꼽게 본 것 같다. 내가 아직 정식 소설가가 아니라서 그에 대해 질투를 느꼈기 때문이다. 나이도 한 살밖에 많지

않는데 존댓말을 해야 해서 짜증이 났을 것이다. 그를 다시 만난 건 내설악 깊은 곳에 자리한 절간이었다. 그는 어떤 문학행사를 진행하고 있었는데 나는 여전히 그에게 질투를 느꼈다. 왜냐하면 나는 아직도 정식 소설가가 아니었기에. 하여튼…… 그렇게 시인 이솝과의 만남이 조금씩 잦아졌고 이 땅의 동쪽 바닷가까지 이어졌는데 그러기까지 스무 해가 지나갔던가…… 그 스무 해가 지나가는 사이 어떤 일들이 일어났는가를 곰곰 생각해 본다. 아마 커피 몇 잔, 담배 몇 개비, 술 몇 잔, 노래 몇 곡이 흰 파도처럼 피어났다가 스르르 사라졌을 것이다. 그거야 뭐 늘 어디서나 벌어지는 세상사일 텐데 어느 날 시인 이솝의 입에서 그동안 전혀 듣지 못했던 말들이 심심찮게 튀어나왔다. 예를 들면 이런 말들이다.

모친의 성화에 못 이겨 여덟 살짜리 외아들은 난생 처음 오죽헌에서 열리는 향시에 나가게 되었다. 명색이 시인인 부친께서는 누가 볼세라 단풍나무 뒤에서 권련만 뻑뻑 피워대셨다. 때마침 향시의 시제가 풍엽이었는데 부친의 얼굴이 꼭 붉게 물든 단풍잎 같았다. 붓을 들 때부터 창작의 고통을 느낀 만 칠 세의 아들은 구만리 같은 화선지 한 장을 겨우 넘기고는 머리를 쥐어뜯기 시작했다. 문득 율곡 선생의 구도장원을 떠올린 모친은 여기서 멈출 수 없다며 더 길게 써야 한다고 보채고, 부친은 시는 짧아야 한다며 그만 쓰고 얼른 집에 가자고 보채니 아들은 어느 장단에 춤을 춰야할지 몰라 엉덩이를 치켜들고 붓대가리만 만지작거리다 이내 금쪽같은 부친의 말씀을 따라 비장하게 붓을 놓았다. 그로부터 며칠 뒤, 아들이 한다하는 마을의 유생들을 모조리 제치고 당당히 장원에 급제하였다는 방이 붙자 부친께서는 그날처럼 붉게 물든 얼굴로 아들을 앉혀놓고는 결연하게 말씀하시었다. 무릇 시는 짧아야 한다, 알았제.

—「백일장 전말기」 전문

마흔 넘어 찾아오신 늦둥이 아들놈 보고 싶어 태권도 학원에 갔더니 계단을 내려오던 조무래기 한 놈이 "할아버지세요?"라고 물으며 빤히 쳐다본다. 창졸간에 한 세대를 건너고 보니 지나온 세월이 꽤 무상하기는 한 것이었다.

절벽 끝에서 처녀보다 더 빛나는 동강할미꽃도 자기 이름을 처음 불러준 이가 참으로 미웠을 것이다. 미워서 맑디맑은 동강에 얼굴을 비추고는 동강처녀꽃, 동강처녀꽃 하고 수없이 되뇌었을 것이다. 되뇌다, 되뇌다 처녀보다 더 빛나게 되었을 것이다.

—「동강할미꽃」 전문

앞의 시에서는 부러웠고 뒤의 시를 읽고는 고소하다며 몰래 웃었다. 이거 원, 산할아버지도 아니고 동강할아버지꽃이라니! 앞의 시는 아들이 서울대에 들어갔다고 한 6개월 가까이 입만 열면 자랑을 늘어놓았던 서쪽의 어느 시인과 다를 게 하나도 없었다. 다만 서쪽의 시인은 그 사실을 시에 쓰지 않았고 동쪽의 시인은 시에 썼을 뿐이다. 하기야 아들이 장원급제를 하였으니 기쁘지 않을 까닭도 없겠다. 그게 힘이 되기도 하겠구나!

다시 시인 이솝의 방문을 열었다. 백 년 묵은 철새 한 마리가 비틀거리며 붉은 마가목 열매를 쪼아 먹고 있는 방. 그래 비록 이루지 못할 꿈만 꿀지라도, 먹으면 취하는 검붉은 사랑일지라도, 그 모든 게 끊임없이 반복될지라도, 그래도 쪼아 먹어야겠지. 지나온 시절은 늘 누다 만 똥 같았다고 탄식하는 방. 구름 팔아 바람을 사는 것보다 그물 던져 고기 잡고 고기 팔아 그물 사겠다는 삶을 선포하는 방. 덜 마른 속옷들만 가득한 여행 가방이 여행을 마치고 돌아올 때는 가방 속의 속옷이 모두 다 말랐으면 좋겠다고 소원하는 방. 헌책방에서 은사의 시집을 발견하고 그 옛날 순대국밥을 앞에 놓고 철없이 시를 묻던 중앙시장 한 귀퉁이를 풍금소리와 함께 떠올리는 방. 사이다 잔에 가득 채운 소주를 거푸 마시고 담벼락에 기대 토하던, 고한(古汗)의 탄가루 날리는 사춘기의 방으로 들어갔다가 가난한 소래기와 무구한 눈동자를 모시고 문어를 사러 새벽 어시장으로 나갈 준비를 하는 시인의 방. 그리고 찾아간 바다……

멀리 와서 바다를 본다

아팠구나

저리도 많은 손 갈퀴가 몰려와

모래를 긁어대는 것은

아직도 못다 한 얘기가 남아있기 때문

얘기를 안 하면 귀신도 모른다 했는데

귀신의 입과 귀도 막아버리고

검은 파도가 친다

내려놓자

내 것이 아니어서

슬펐던 것들

산도, 별도

골짜기를 떠돌던 반딧불도

반딧불 같았던 여인도

내려놓는다

미안하다

멀리 와서

비로소 바다에 닿았구나

— 「아야진」 전문

아팠구나…… 발톱이 하나씩 빠지던 시절의 그 돌단풍이
아팠다고 말하는 방. 비에 젖으면 가라앉는 종이배처럼 시나
브로 아팠다고 시인하는 방. 종일 만지작거린 시와 가을하늘
의 구름과 수제비처럼 아팠다고 속삭이는 방. 나보다 먼저 구
만리장천을 날아간 그대를 그리워하는 방. 폭설이 내리자 독
수공방에 든 부처님, 그 폭설을 헤치고 내려와 사하촌 식당으
로 들어가니 책상다리를 하고 포르노를 보는 주인 부부가 있
는 방. 귀신보다 무서운 천하의 물소리가 들리는 방. 넌닝구 하
나 걸치고 허적허적 댓돌 위로 올라설 때 찾아오는 아픈 시의
방. 방, 방, 방…… 그리고 그 방 여기저기에 뚫려 있는 구멍들.

나에게는 구멍이 많다

여기도 구멍,

저기도 구멍,

내 삶의 담벼락은 구멍 천지다

구멍이 많아 슬플 때는
슬픔이 모든 구멍으로 흘러넘칠 때는
하루종일
검은 돌이나 삼킨다

돌을 삼키고

구멍 숭숭 뚫린 담벼락이
나를 삼키고

오냐, 큰 구멍이여
오려면 와라
정중하게 와서
나를 통째로 삼켜라

나는 구멍과 싸운다
구멍은 슬픔이고
구멍은 나의 적이고
구멍은 나의 동지이고
구멍은 운명이다

흰 돌을 게워낼 때까지

내 싸움은 끝나지 않는다

— 「구멍」 전문

검은 돌은 뭘까?

흰 돌은 또 뭘까?

……

……

시인 이솝은 가난한 시인으로 왔다가 가난한 시인으로 돌아가는 게 꿈이라고 이 시집의 마지막 방에서 일갈하고 문을 닫았다. 닫힌 문 앞에서 서성거리다 나는 문득 이런 생각을 했다. 또다시 장원급제할 아들을 위해서라도 그가 부디 아프지 않았으면 좋겠다고.

검은 돌을 삼키다

1판 1쇄 발행 2017년 5월 20일
1판 2쇄 발행 2017년 5월 25일

지은이 이홍섭
발행인 윤미소
발행처 (주)달아실출판사

책임편집 박제영
디자인 이화연
마케팅 배상휘

주소 강원도 춘천시 서부대성로 48번길 12, 2층
전화 033-241-7661
팩스 033-241-7662
이메일 dalasilmoongo@naver.com
출판등록 2016년 12월 30일 제494호

ISBN 979-11-960231-2-6 03810

* 이 도서의 국립중앙도서관 출판예정도서목록(CIP)은 서지정보유통지원시스템 홈페이지
  (http://seoji.nl.go.kr)와 국가자료공동목록시스템(http://www.nl.go.kr/kolisnet)에서
  이용하실 수 있습니다.(CIP제어번호: CIP2017009377)
* 이 시집은 2014년 '서울문화재단'의 창작지원금을 받았습니다.
* 잘못된 책은 구입한 곳에서 바꿔드립니다.
* 책값은 뒤표지에 표시되어 있습니다.